歌集

沖縄

新装版

桃原邑子

Momohara Yuko

六花書林

沖縄　新装版＊目次

『沖縄』（全篇）

『桃原　沖縄Ⅱ』（新編集）

装幀　真田幸治

沖縄　新装版

『沖縄』（全篇）

昭和六十一年十月十八日　九藝出版刊

戦争　1

米艦の読谷《よみたん》沖にひつそりと泊つる無数なり島としも見ゆ

米軍が読谷上陸終へし夜の勝利を伝ふる日本ラジオ・トウキョウ

沖縄は一きれのケーキ口あけて今をし食まむと米兵言へり

神山島に敵の砲門二十四・首里司令部は射程距離なる

片ゐくぼ浮かべて銃をかまへゐる米兵は慶良間《けらま》の民家の門べ

首里にむきとどろく米砲一五五ミリ島は一本の火柱となれり

敵砲に応ふる日本砲三十三ミリ那覇の空にて消ゆる哀しも

さながらに無人の島となりきたり上陸したる米兵五十四万

アメリカの舟艇に浜砂の見えぬなり昭和二十年四月一日

米艦の埋むる海は一つの火炉。噴きあぐる火の帯の果ての首里の丘

日本機の桜のマークを靴に蹴りて遊べる米兵の上陸初日

みるみるに飛行場を作り道を通じ銃座をかまふるにわれら何を為さん

泥濘に戦車めりこませ困りゐる米兵に歓声あげたきもあげず

枝葉なき立ち木のあひだを渡る風に空《から》の薬莢がからからと鳴れり

黄燐弾に燃えたつ服をぬぎ捨てて逃るる女の哀れまはだか

男とも女ともわかず黒く焦げ転がる野のみち燐の匂ふも

のたうちてあげし声やがて肉焼くる音に変はりてひとは死にゆく

兵たちには名誉の戦死島人には何の死ならむこの屍《しかばね》よ

土砂降りの雨に身の泥洗はせてうづくまりをり子は闇のなか

くらやみの泥濘のなかうめく声きこゆれふりむかず逃げゆくために

雨吸へる頭巾をぬぎてわれと子の赭らむ顔を寄する朝あけ

まだ生きてこれの地獄を見よとてや雨あられなる弾われを外れゆく

われを外れゆきたる弾が他のひとに爆ずるを見てをりこれの恍惚

万の軍靴過ぎにし泥を住民の万の裸足が追ふころびつつ

泥んこの屍に降れる雨ありてをとこをみなをあらはにするも

一合の米をみつけて奪ひ合ふ撃たれし兵の背嚢のなか

みんなみへ逃げゆきし人にはぐれたるわれと幼の生き残りたり

海溝の底ひに珊瑚と紛ひつつ兵の骨ありくろずみゆけり

なびき寄る藻にかくれしは頭蓋にて鼻腔を透きて潮の流るる

この海の底ひ陸の地の底ひ層なすにんげんの化石を見むか

＊

嘘の笑顔見せて征きしと羞しめる特攻兵は生き残りたり

天皇の万歳を言はされ殺められにき重傷兵は友軍の手に

白旗をかかげ近づき来る見れば日本兵なり哀れ胸を張り

記事書きつつ戦争を憎みつづけたる米従軍記者アーニ・パイルよ

この地にてアーニ・パイルを失へりと書かれし碑文の横文字簡素

本土への侵攻ここにて食ひとめよたとひ沖縄みな亡ぶとも

遊びのごと飛びゐたりしよグラマン機弾落としつつ手などを振りて

ぐつしよりと血潮に重き軍服のいつまで燻る屍体を焼くに

指揮とりし兵にてあらむ日の丸を結べる銃を握りて死にたる

爆弾にはぜたるひとのうへに来て島の夕日はちぎれゆきたり

即死せし兵のかたへに断末魔の声あげゐしがやがて動かず

身を支ふるものなき危ふさに耐ふるため壕にか入りゆく戦終はりて

黍の枯れ葉かぶり眠りし子どもらが夜明けてそれを散らして遊ぶ

みどり児のまなこがうつせる青きいろいづく向きても空と海にて

一つ星の胸章にこの人の名を読めば体形完けき兵の骸骨《カラベラ》

死にゆきしをとめの爪のいろなして月桃咲けり摩文仁への道

蘇鉄の実食へば死ぬるを飢餓の胃に押し当てゐたりその朱き実を

兵に征き夫のをらねばわれひとり子のむごき死に耐ふる狂へや

あるはずもなき食べ物を探しにゆき出逢ひし死者を羨しみてをり

兵の頭蓋三つ転がる岩あひに供華のさまにて伊集《いじゅ》の花垂る

殺戮の後をクルスの前に跪坐祈れる米兵に憐れみは降れ

戦争のさなかも後もむごかりし飢ゑよ語りは美しくして

たたかひに老いの撃たれて死にゐたる岩の風化の砂粒あたらし

塹壕の土嚢にもたれて骨の兵秋陽に晒れをり頭蓋を持たぬ

空飛ぶはグラマンまたはB29日本の飛行機は見えざるものにして

洞窟の天井より落つる雨雫足なきかばねの掌は溜めてをり

片手なき兵が片手に手榴弾握りしままにことされてをり

這ひずりて壕を出でしも残れるもつひに死ににき負傷兵らの

星のなき軍帽かむりゐる兵の多く死にし野よ星よきらめけ

どの兵もからだのいづくか失ひて死にをり階級低きは壕の外にて

撃たれたる兵の片手が握りしむる握り飯かも半ばこぼれて

敵兵の死体ひとつも見あたらぬを不思議がりつつくやしかりけり

砲弾にちぎれし足が石膏のいろに折からの雨に濡れをり

仰向けに野に晒されし兵の骨足指わづかに肉が巻くあはれ

弾に幹をうちぬかれたるガジュマルの噴ける樹液が瘤なして乾く

すさまじき屍臭は言はずかたはらに掘りし野蒜の香を告げ合へる

喜友名、比嘉、平安山、大城、金城、重なる屍のネームかすれて

弾痕に溜れる水に浮く馬の臭ひがどこまでも追ひかけてくる

負けいくさと知りながらなほ勇みつつ死へ向けて発てるを特攻兵といふ

胴体の骨よりややに離れたる木の根に頭蓋はもたれかかれり

＊

妻や子や母の愛などは飛びゆけよ死者の眼それぞれの向きにひらけり

リーフのうへ打ちあげられし兵の死体今日は見えなく新北風《ミーニシ》荒ぶ

飢ゑを満たす野草摘みゐるわれに対き頭蓋の一つが笑ふ歯の見ゆ

ちぎれたる左手いくりのうへにして指先動く海鳴るたびに

米兵にもらひしシャボンの匂ふ肌われにをみなのよみがへりこよ

しかばねを掩へる草より湧きたちて限りもあらねこの白き蝶

日本兵に気をつけろといふビラ撒きて米機飛びをりここはどこの国

月射せばみな美しき岩の上の屍に置きしやはらかき影

海溝の底ひにはだけし軍服の胸の濃き毛よ沖縄人《ウチナーンチュ》なる

ひからびし乳をくはへし赤ん坊も女も磐根にミイラとなりゆく

サシバ渡り吹く新北風《ミーニシ》にるいるいの屍乾きて鳴れば触れ合ふ

太陽が隈なくあばきし死者たちを今やはらかき月がつつめり

抱ける子に笑ひかけくる米兵に膝の震へをかくさむとする

砲に幹裂かれし赤木の裸枝に紐のごと乾けりひとの臓腑の

艦砲射撃にて枝葉なき梯梧《でいご》、王城の焼け野に一本の杭をなすかも

濃き毛脛地にめりこませひざまづく米兵捕虜は打ち首のまへ

国敗れ山河もあらぬふるさとに青き空あり生くれば仰がな

アメリカ兵のみのたたかひと思ふまで日本の弾とばず飛行機飛ばず

キリストのアメリカ仏教の日本との愛とたたかひて洞なす榕樹

二十万人の人らを死なせ吾子を死なせ日本敗れたり仏桑華の花

壕わきの溜りの水に映したるわが餓鬼の眼よ少し笑まへよ

戦争 2

ころがれる頭蓋の眼窩に雨溜りユウナの若葉を揺らしてゐたり

飢ゑしものの衝動にして走り出で壕入り口に撃たれたりけり

ああひかり太陽爆弾ジュラルミン壕の隙より覗きておびゆ

幾日も梳かぬわが髪にくるまれて子は眠りたりこの壕の冷え

壕壁を這ふなめくぢに声あぐる幼よこれを食まんとぞ言ふ

梅雨に入り水かさ高き壕内にふやけしからだを浮かばす蛍火

殺めあふにんげんを嘲へ壕内にうごけるごきぶりなめくぢの見ゆ

大砲の爆ずるおと薬莢のころぶおと戦車の響みすべて死の音

爆弾にもぎとられたるユウナの木の一枝残れば哀れ花咲く

胴体ゆ離れて転がる兵の脚ゲートルかたく巻かれてゐたり

砂のなかに背をめりこませし仰向けの兵の屍が月を見てゐる

さまざまの表情に死にし兵の顔五月の闇のちかづくなかに

赤錆びし缶詰のこしてゆきし兵は摩文仁の丘へ逃れゆきしか

看取られず動けずただに死を待ちて身体のかたちに骨を散らせり

梅雨あけし壕の淀土に埋もるる屍は哀れみな頭をもたぐ

ことされし母の乳房をくはへたるままの幼は死にて間あらず

むくろなる母の乳吸ひ幾日を生きし幼かまなじり閉ざせり

爪立てし指に握るは小石にて投げんとせしや撃たれし兵の

放射火焰に焼かれさながら蹲る形に黒焦げの兵が片膝たてて

日輪の白炎よりも白き焔噴きつつ特攻機がきりもみに墜つ

にんげんの死後のかたちをまつぶさに見せて白日は屍をわたれり

シュガーローフ・ストロベリー山爛れつつダンテの地獄現はれにけり

ナパーム弾に髪焦ぐる匂ひたちこめて女の唱へる詩歌《アヤグ》細れり

＊

弟の戦死の場所を探す母に蹤きくればみなそれらしきところ

その母より身近なるわれと思ひつつ野に散りぼへる骨を寄せゆく

たましひは寄りて遊ぶや肋の肉わづかに残れる兵のかばねや

死者もわれもにつぽんといふ祖国を持ち熱き汀をただにさまよふ

追はれきて逃げ場尽きたるこの崖兵《ハンタ》も人民も死に果てにけり

死にたるも傷つきたるも圧しつぶし勝ちたる軍の道は延びゆく

砲弾にひらたくなりし首里の丘や散りそこねたる運玉《うんたま》の森

月照れば弧の影曳ける兵の肋森より吹きくる風を渡らす

鱶に食はれ岩に削がれししかばねの星なき胸の階級章よ

母のほかは愛さざりけん喉ぼとけ幼く死にし少年兵の

奔りたる時雨に屍の着しシャツが肋の尖りのまま張りつける

生きてゐるわがてのひらに載するとき兵の指の骨しばし憩へよ

新北風《ミーニシ》の吹けばいくりに打ち寄せてずり落ちる骨よ故郷へ帰れ

黍の穂わた雪の如くにかづく骨この兵の里北国であれ

兵たちの死体も埋み舗装されし道のかならず基地へつづけり

さかんなる日なたの匂ひよ崖の上に散らばる兵の骨寄せをれば

岩かげの草をむんずと把みたる硬直間なき兵のてのひら

焼けあとに白く焼けゐるは人の骨かそけき風に形崩れつつ

この兵の妻子も今宵仰ぐらむ月見えそめてつつむなきがら

壕奥に息殺しつつ聞きにしよ「殺さぬ出て来い」の米兵の声

親にはぐれ泣き叫ぶ子を見ぬふりに逃げてゆきたりわれもその一人

島の夕日飲み込み吐きしよ熟れ茘枝《れいし》はじけしさまに米兵死にたる

戦争のさなかもをみなはをみなにて哀れ生理を嘆きたり娘の

飄々と飛び来て弾着確かむる下駄履きと名付けし敵の観測機

砲座わきにうごける兵よ撃つ弾のなければ投ぐる石さへなければ

爆弾の地を爆ずるときを土砂降りの雨足弔旗の林なすかも

夕日赤く海をも空をも地をも染めうたふ挽歌よこの死者のため

戦ひに追はれし人の自決せしギーザバンタにむせべ海鳴り

艦砲に散りぼふ馬の胴体の山と同じき赤土のいろ

＊

薩摩に媚び中国に媚びそしていま日本に媚びて玉砕の島

少しだけわかる英語がかなしかり敵米兵のやさしWELCOME

この幾日爆音のなき空にしてあやめもわかぬ五月闇かも

敵兵の近づき来れば投げつけむための石積みぬ人ら集ひて

わが干しし衣乾くまでの素はだかを暗きに晒して太古のごとし

兵の骨散りぼふところになだれたるたかき銀河よたましひ遊べ

兵も馬もたふれ浮きたる川に降り水浴ぶるなり空襲のなき夜を待ちて

弟かも知れぬとつぶやき目に見ゆる頭蓋のいくつに触るるわが母

クルスに対き何を祈れる米兵やなんぢら人を殺むるなかれ

雨に濡れ黒光りゐる不発弾遊びのごとく子らと除けゆく

壕口より吐き出されくる幾千の兵の五十度Cの息が匂へり

北《ニシ》の風頭蓋の眼窩を吹きぬけてひと日口笛吹くごとく鳴れり

御真影を抱きてさまよふ校長をスパイとぞ殺めき日本兵は

灯火管制守れとぞ降りくるアメリカのちらし「日本兵が弾落とす」とぞ

捕虜となりし裸の兵の並びゆくかなし今なほ歩調をとれり

歩けぬ者はた重傷者に死の注射なしけり友軍は撤退のきは

ガス壊疽の兵の腕截ちにし糸鋸の錆びつつかすかホルマリン匂ふ

子探しに壕に入り来しをスパイとし殺めしかの兵まだ生きあらむ

探しあてし子の前に女は屠られたり日本敗れしと声に言ひつつ

屍体のなかに泣きゐる幼を抱きあぐる米兵の笑まひよわれらを騙すな

陽のぬくみ残れる甘蔗《きび》がらにもぐりゐる子のはしやぐ見ゆ戦ひやみて

戦争　3

捕虜になるよりも死ねとぞ教へたるわれは生きゐて児らは死にたり

ひそみたりし墓の壕より出でて飲むああ井の水よたたかひやみぬ

撃つ姿勢のままに死にたる兵ありき弾を込めざる銃握りしめ

ひとも兵も平たくなりて死にゆきぬ立体なすものは撃ちぬかれたり

死にたるも生き残れるも乾かして榕樹に八月の陽の油照り

老いたるは眉根を寄せて若き兵は微笑浮かべて並びて死にし

爆死せしひとの肉片踏みつけて汲み来し水が闇に照りをり

水汲むと降りゆく坂《ひら》にまたぎたる兵のむくろが眼をもちてゐし

集め来し古萱《ふるかや》燃ゆるひとときを生き残りたる顔を見つむる

ひろらなるこの空と海青滲むまで抱きゐむかな戦ひやみぬ

死の後も安らかならねこの兵の髑髏のなかに不発弾照る

空中戦に飛びにし兵の肉のひら梯梧の梢に花のごとしも

みな死にてすつからかんの島となれ米びつもからつぽ何もからつぽ

銃持ちて基地歩哨する黒人兵哀れむわれの哀れまれゐむ

着たきりの下着を潮に濯ぎ干す真夜をまたたき星は羞しめ

万歳を叫び死にしや母の名を呼びて死にしや唇ひらきゐつ

神の国と言ひにき必ず勝つと言ひき砲にむかひて竹槍ふるはね

破れめをかがりかがりて着しモンペ潮に濯げばずつしり重たき

石三つ置きて作れるかまどのうへ鍋となりたる鉄かぶと焚く

るいるいとありしかばねの骨を均らしバラックの家建ち並びたり

アメリカをかなしみて死にしか黒人兵の両の足裏ましろに反れり

声のかぎり軍歌うたひてゐたりしが静かになりぬ負傷兵らの

光なく音なく時間のなき闇にるいるいの屍のなに噴きあぐる

家跡の瓦礫より出で来しひとひらの百円札の菊の紋章

艦砲に足ふつとびゐし兵の名がふいに顕つかも物を裂きつつ

敵機よりドラム缶ごと降り来たりしガソリンに焼かれき兵もわれらも

屍臭たつ兵のうへにし点したる蛍は誰のたましひならむ

米兵の死者収容のジープわが死傷者のあひ縫ひて抜けゆく

ただよへる異臭は屍体のみならずわが内よりもたちのぼるなり

蛆たかれる兵の始末をやりたがる「母よゆくなよ出れば撃たるる」

かくばかりかなしき音の世にやあるいくさやみたる夜の海鳴り

硬直はまだ来ぬらしもやはらかき兵の手胸に組ましめにける

つねに死を覚悟しゐたりやうら若く死にたる兵のシャツ清らけき

空襲のとだゆるひまの夜を選び浴び来し潮したたらす髪

超低空に来しグラマンの操縦士赤きマフラーなびかせてゐし

生きてゐてよかつたと誰も言はざりき思はざりにき敗れたるなり

摺りきれて肌へ透け見ゆる衣をまとへばわがをとこらの哀しからむか

戦死せし弟が飼ひゐし鶏は食はずにありき飢ゑつつ母は

死にし兵に掛けやる何も持たざればかむれる帽をぬがし顔に置く

草萌えよやもりもとかげも鳴き出でよいくさやみたる地のひそけさ

国のため死にし哀れをわが母は言ひて黒人兵の眼を閉ぢやりし

つはもののむくろのかたへすさまじき草の芽吹きやそを摘みて食ふ

人間の生きの羞しさものくるる者に手を振れり敗れたるなり

戦争　4

ちかぢかと頭上に照るは弾丸ならず星とし思ひとどまらぬ涙

砲弾はわれを外れゆき気がつけばるいるいの屍にとりまかれをり

いくさやみ露天に眠るわれと子を掩ひあまれる天の川あり

すがすがしく透き極まれるわれかとも胃の腑空なるからだを立たす

かまきりの雌とはなりて食みなむか若き兵士の裸に死にし

責任をとるとは死ぬることなりや司令官牛島中将の自決哀しも

兵は消耗品住民はがらくたとは言はざりしかどかの司令官

ひとの骨重なり合へる壕奥に食ひのこされし黍角ぐめり

憎憎しき虚栄見するかな米兵が撃たれし老いの傷を見てをり

学徒兵の終の言葉のお母さんよ《アンマーヨー》。口をとぢたる死に顔やさし

指ほどの芋を噛みつつ眠りたる子の胸あばら衣に透けり

たちまちに若枝を出し若葉吹く草木羨しもひとは還らず

やうやくに芽吹きみどりの滲む草食める子どもの山羊の如しも

顔わかぬまでＤＤＴ撒かれゐてうごめくよ野にけものとにんげん

甘蔗作らず唐芋植ゑず何もせずアメリカ給食に人呆けゆく

少尉殿と呼びて靴の紐を結びけり祖父のやうなる二等兵が来て

瓦礫のなか土の沁みたる紙きれの恩地孝四郎の文字忘れず

古萱を燃せる明りに暖をとるひととき子らの顔かがやけよ

ああ天子《テダコ》おはせし 城《グシク》茫茫と砂の砕けとなりて月射す

浜砂にくねれるアダンの幹のうへに眠れりわれの裸くねらせ

月かげに曳くその影のもつるるは互みにいたはりそめし死者たち

ちかぢかと星照る森の樹樹の幹しるべとなれよ死者たちのため

死者たちのかばねをいよいよ赤く染むる森の朝焼け海の夕焼け

島びとに自決を強ひし隊長の生き延びしとぞおにあざみの花

有刺鉄線張られ米兵歩みくるここは確かにわが砂糖黍《フージ》畑

きびの葉のくどに燃ゆるいろ星のいろあなやさしけれいくさ終はりぬ

撃たれ死に焼け死に飢ゑて死にゆきしひと重なりて戦ひやみぬ

いくさにて土地の境界わからなく争へり生き残りたる隣どうしが

飢ゑのため地を甓りつつ用足しにゆく少年のうなじかぼそき

花のいろ朝焼け夕焼け月のいろ血のいろなれば眼をつむりゐよ

われに向き歩みくる米兵肩にかくるカービン銃はいづくに向くや

われの子の骨甕いづく桃原家の墓処のうへをしジープゆきかふ

北《ニシ》の風南《ハエ》にまはりしひとときを岩間に兵の骨寄せにける

やうやくに棘葉芽吹けるアダン樹のはだらの影に揺るる海鳴り

勝者なる心ゆとりか彼らみな日本兵よりわれらにやさし

うらうらと照れるこの陽やまはだかの野にまはだかの子ども遊べる

すんすんと足裏を刺すいのちかや芽吹き激しき焼け跡の草

負傷兵とをんな子どもを置き去りて摩文仁へのがれし兵みな死にき

きのふまで鬼と呼びにし米兵のテントのなかに寝ぬるよろこび

爆音に逃げまどふ子のわれの子のひた哀しけれたたかひやみて

ドラムかんほどあるいくつの不発弾そこにてわが子の遊ぶかくれんぼ

盛りあがれるものみないとはしわが胸も野のにびいろの不発弾また

＊

肌粗きアダンにまはだかの胸寄せて仰げば空すらいくさ終はれる

鉄帽の鍋を磨けばアメリカの星のマーク出でてわれは捨てけり

ひよつとしたらここは後生《ぐしやう》か破れたる衣にあらはなる肌恥《やさ》しまぬ

片言の日本語に言ふ米兵にかたことの英語に応ふ子どもらたけし

岩壁の兵のどくろにとぐろ巻くハブ紅炎の舌ひるがへし

血のごとく噴き出づる愛あれいくさやみ兵たりし夫還り来し夜の

蘇鉄地獄台風地獄搾取地獄そして基地地獄哀し沖縄《ウチナー》

たましひが物質に負けけり死者のうへとどろきゆけり敵の戦車の

貧しきも富めるもすべてゼロとなり戦果と言ひて物を盗めり

絶えまなく車ゆき交ふ道のいづく校長たりし父の骨壺

死者の骨踏みくだきつつ家建つと槌ふるひ人間が生きてゆくなり

食もなく兵器も持たぬ日本の兵がただに死ぬべく上がり来し島

わがをさなが覚えし文字のＵＳＡ兵にもらひしガムにしるさる

らんる頭《づ》にのせたる女のよたよたと焼け跡の夕日踏みにじりたり

髭の濃き兵の手にひかれゆくときに噴きこよ大きわが憎しみの

アメリカの古きジープを軒ごとに置ける戦後よ豊かなる如し

ドル安にてバーのさびれしを嘆きゐる胡座の街きて暗しネオンは

芭蕉布の喜如加《きじよか》はここか道沿ひの芭蕉畑は裂け葉そよがす

戦争　5

二千六百年臣らが神とあがめ来しすめろきの声は人間の声

古代より武器持たぬ沖縄《ウチナー》を戦ひにかりたてたりきわがすめらぎは

木木のあはひ風葬のさまに兵の骨見えて危険区域の標札立てり

日本語英語方言と使ひわけ娘らのはかなやパンパンガール

米ジープに収容されたる子どもらの枯れ枝の如き四肢鳴りてをり

さやかなる月光さへや怖れたりかかる夜ひとは撃たれて死ねり

捕虜たちの作業のはじめは転がれるひとの死体を片付けること

いくさやみ昼の日なかを遊ぶ子は亀甲墓の甲羅蹴りつつ

日本兵をジャップと罵りし米兵がわれをオキナワンと呼びて優しき

入れかはりし貧富のありて戦後なるかの金持ちの子らよいづくに

ベトナムの人殺め来しB52の着陸の脚が蹴りゆく夕焼け

*

ここのみは古代のままとぞ山原《ヤンバル》のヒルギ林の昼の静もり

沖縄人《ウチナーンチユ》のわれが沖縄語《ウチナーグチ》使へなくなりて哀しも月桃の花

電灯をひけば電線にしがみつき鳴けるヤモリのなつかしき声

ことさらに人だかりせる闇市を覗けばかがやく米を売りたり

闇市に積まるる衣類のカーキいろ負けたる国の軍人のいろ

基地ゲートにひるがへりゐる星条旗の下に日の丸の歌うたふ児は

わが裾をめくり荒ぶる新北風《ミーニシ》のかなしき音ぞ日本より吹く

冬潮の荒びを距つる与論島そこよりの風を深く吸ひたり

この基地のある限り未来なき島か人殺むるは殺められむため

人間の罪の如何とかかはらず殺めあふことを戦争と呼ぶ

収容所囲める有刺鉄線に干されゆく衣類みならんるなす

またどこの国を撃つにか砲座並べ 米艦幾せき浜にひそけし

しやにむにに突込みきたる特攻機をアメリカは恐れそして笑ひき

草の汁炊ぐけむりの立ちこめて民のかまどが賑ひにけり

生き残りし三十万人徒食して呆けゆくときをアメリカ統治す

砲弾をのがれしわが家まるごとに盗まれにけり吃驚仰天《アキサミヨーナー》

食をくれ雨露凌ぐ家を建てくれしアメリカを御主《ウシュ》と呼びてさびしき

いざといふときは飛行機の滑走路またの殺戮の道成りてゆく

桟橋に積まれし貨物に記されし文字恥しめオキュパイド・ジャパン

米兵の暴行報ずる新聞はおさへられけり。アメリカの自由

けつきよくは軍備はすべて殺人器見よかく敗れて山河なき沖縄

米作りに名だたる北谷田圃《チャタンターブックワ》の幻かき消しとよむファントム

祖国復帰といふは哀しや年中を人殺めごつこ日米合同の

塔にとぶ白き蝶《ハベル》を追ひゆけり夫かも知れず吾子かも知れず

県ごとの慰霊の塔たつ摩文仁が丘たましひも貧富の違ひありける

米兵オフリミッツの酒場増え哀しきものかドル安といふは

沖縄のみ飲まされにける苦汁かや基地ゆるしたる講和条約

爆弾に腓削がれしをとめ子の制服のスカート長めにはけり

島のいづくもオフリミッツ。真陽かげらせて鳴る星条旗

演習の弾が爆ぜたる山火事に恋の恩納岳丸焦げとなる

沖縄《ウチナー》の悲しみ日本人《ヤマトー》には解らぬと戦争の話中途にて止めぬ

日本人《ヤマトー》の他は銭《ジン》持ちはゐなかつた芋がゆなどを啜りあひつつ

何もかも核につなげてかなしかり爛れし赤に沈む太陽

血走るは人間の眼ぞ牛と牛闘はせ来し宵の泡盛

村井戸《ガー》にわが汲みあげし桶水が戦後最初の青空揺らす

水満たす桶頭《づ》にのせて歩むとき映れる雲の泡立ちてあれ

平和通りの露店に溢るる戦果品女将《アヤー》のはづむ声いらっしゃいませ《メンソーレー》

降り立ちし湧井《ワクガー》は雲の茜嵌めかの戦争を呼び込むあはれ

下着なきわが肌つつむ闇のなか足ひろげて歩めりいくさ恥づかし

通行証見せて基地内を行く畑視野閉ざす黍は植ゑてはならぬ

台風に家鳴り軋むを子守歌に子らは眠れり干瀬《ヒシ》の遠鳴り

濯ぎ干ししモンペの尻の破れより見ゆるま青の空を恥《やさ》しむ

黍の汁しぼる鉄輪を回す牛も追ふ少年ものどけき歩み

ファントムの爆音とよむ同じ空羽のべあひて鳥ら遊べり

三十隻の米艦撃沈死者四万。いくさ敗けし日のラジオ・トウキョウ

かたことの沖縄語《ウチナーグチ》を交じへつつ日本化《ヤマト》したる若きら背高き

核爆ずれば一瞬にしてふっ飛ばむ島の夜ごとを酔ふよ泡盛

米兵が馬乗りに穿てる壕壁の煤け浮かせて陽は奥に透く

骨はここに入れよとの標札立ちてゐき今わがをろがむ魂魄の塔

伊江島の突起《タッチュー》めぐれる夕焼けがアーニ・パイルの碑をつつみたり

一瞬に壱万九千の弾爆ぜて首里の歴史の五百年崩えぬ

北風《ニシ》荒ぶ辺土岬にたぎつ潮日本へつづくと思へば親し

たたかひの惨なめし者死にゆきて今たたかひの賛歌きこゆる

首里天加那志《シュイテンガナシ》いづくにおはすや瓦礫なす城《グシク》の壁に日は張りつけり

神の国と崇めて二千六百年日本を恋ひぬ祖国と恋へり

沖縄の今

デジタルの針がしるせる午前二時基地ひっそりとファントム眠れり

壁越えて見ゆるP３Cの尾翼を灼き来たる太陽《テーダ》を呑める唐獅子《シーサー》

たたかはずにあればいたづらに基地埋むるみどりの迷彩F16の

基地のある限り還らぬ父祖の地や米兵家族遊ぶ芝生に

戦前よりも人間多くなりし島亡べ亡べと音たつる基地

汚れたるこれの地球をさらひゆけ。あるひは神が授けし核や

混血児カマレグワーの黒き肌に石投ぐる児らを止むるともせず

足手まとひの老人は置き去り逃げろとの軍の達しを守りしわれや

苦世《ニガユー》のみにありしよ戦さ世アメリカ世《ユ》いま大和世《ユ》《ヤマトユ》も核蔵ふ島

ブレーキの効かぬ車が上りつめくだりとはなりぬ日本復帰

たそがれは砲弾いろに満ち満ちて血の夕焼けを消しゆきにけり

たましひら裂かれ喚ばむ自衛隊機と米機がかきまはす復帰後の空

どのやうに住民が反対叫ぶともとどろく空砲バリアント・ブリック

無造作に豚の足断つ若者の眉濃きかなしみ那覇の市場《マチグヮー》

君乗れるフェリーの截りゆく藍いろの底にし眠れわれの少女期

細き島のもつとも細き仲泊《ナカドマリ》みぎり左に海展けつつ

かつて日本復帰願ひし辺土岬の北《ニシ》荒ぶそら米機遊べり

ひと多く死にたるところ観光地となりて多くの人に踏まるる

慣らされし家畜の如き沖縄の屠殺のさまに核は爆ずべし

四月の日反しかがやくふるさとの海のくろがね空のしろがね

敗れし国の哀しみここにアメリカを守らむための核しまふ丘

ここらへんで安保はごめんともし言はばアメリカははや核落とさむか

コスモポリタンの旗翻れよ米ソ戦に国ふっとびし地球の焼け野

戦車ジープ飛行機軍服のカーキいろに湧きくる郷愁の如きを哀しめ

左ハンドルのバス山積みに捨ててありかつて屍体を捨てし谷あひ

島津氏に中国ふうを強ひられし沖縄装ひ《ウチナースガイ》の簡素よろこべ

卵を恵む鶏の肉を食まざりし祖先を思ふこの目玉焼き

校長も知事も日本人《ヤマトー》その使ふ日本語《ヤマトグチ》をわれらわかるふりせり

風葬の跡とも知らでうたた寝る香川進は風葬のさま

砂漠色の迷彩をせる核納庫の響き美しキーストン・オブ・パシフィック

アメリカでも日本人《ヤマトー》でもなきわれらかのジプシーの如き眼をせり

いつまでも焼き付けできぬネガチーブ哀れ沖縄県復帰十年

いくらかはスパイの眼をして見おろせりB52丘より嘉手納の基地を

アメリカに阿る日本におもねりて沖縄にまた近づく軍靴

昼は太陽《テーダ》夜は基地の灯かうかうと鉄砲百合は眩しきばかり

自由の国残るためとぞ内地人《ヤマトンチュ》守るためとぞ核蔵ふ島

野晒しの骨の兵埋め花首散れよ緋寒桜の島はきさらぎ

アメリカも日本もまた異国なれわれら基地いだき核抱き寝る

子が死にし場所がしきりにわれを呼ぶ迷彩みどりの戦車のとよみ

たれもこの黒ん坊の娘を蔑まねど果つるなからむその母の戦後

米軍に納むる無農薬のキャベツ畑視野の限りを豊見城《トミグシク》村

飛び立つは蝶《ハベル》にあらぬF16その翼永久にたたまるるなく

死にし子の血がのぼりたる天のはら限りも知らに夕焼け降れり

敵襲とわかれば自爆をするといふＩＣＢＭのサイロのかがやき

ビーチよりのぼる火風《ヒーカジ》に屋根乾く夕べは泡盛にのみど焼くなり

殺めなむ的となる人の的となる何憎むべきもののあらなく

白日にきらめくファントムの尖る機首平和といふはかく美しく

毎日を爆音絶えざる空にして飛ぶを止めにきヤンバルクイナ

嘘の如く完けき蘇鉄の一本がホワイトビーチの灯に浮きてをり

軒ごとにポインセチアの咲く見れば帰り来しここわれのふるさと

教師われが老いて入り来し校庭に死にたる君らの喝采聞こゆ

屋根に厚く漆喰塗りて台風を戦争を爆音を防ぐと言へり

わが母の乳房の如しと見放くれば茜したたらすあがた恩納岳

死にゆきし児らのたましひ谺する摩文仁の壕に晒せわが老い

彫り深き顔しみじみと見呆けけるそのアメリカに子は殺されき

死者の声も交じるならずや夕暮れの奇蹟の一哩のこのざわめきや

人殺すわざとぞ演習の米兵が木の間に見えてまたかくれゆく

まなぶたを閉づれどいくさに死にし子の血は鮮しき仏桑華の花

もぎたてのパパイヤが滴らす濃き乳のいろをかなしむ互みに老いて

戦争の惨をしばらく忘れしめな屋根の唐獅子《シーサー》星呑み込めり

かなしみはわれらにて終はれ戦後三十年脛長く育ちし村の子どもら

うしほ未だしたたらせつつたかさご《グルクン》は暁の魚市にまなこみひらく

沖縄の昔

日のひかりおだしくすなどり豊かなるここなる島のわが理想郷《ニライ・カナイ》

砂浜をめぐれる潮の底透きてはぬる魚あり　あをぶだい《オーバチャー》の青

潮のなかもつれあひたる長き髪藻草なすかもわれとをとこの

腹すけば浜にすなどり小鳥のごと紡ぐを知らず明日をうれへず

海の藻を分けて手づかみの魚はねしむ肌赤銅に眉高き人

涼しみて湧井に泳げるハブたちの舌幾重にし夕日巻くかも

透く潮に陽をはねゐたる魚眠り月射す渚蛇皮ひびくなり

台風に裸となりし草木のすばやき芽吹きよさんさん太陽《テーダ》

沖縄語《ウチナーグチ》使へば掃除の罰あればひと日だんまりとありし学校

びん型に漆器芭蕉布みおやらが生命賭けにき薩摩への年貢

米の餅きびもち粟餅高粱もち貧富をこめて鬼餅の日の冷え《ムーチービーサ》

屏風《ヒンプン》より高き稲塚《マジン》は眺めつつ米の飯はまれの折り目《ウユミ》にぞ食ふ

糸満女《イチマナー》の頭《づ》に乗す笊《バーキ》に跳ねてゐる鯛の目玉にうるむ夕焼け

群れなしてハブ泳ぎゐる井戸のそば薪にと集むアダンの枯れ葉

口清めたるをとめが米噛み醸したる神饌《カンミキ》さしあげませう《ウシヤギラナ》王妃神人《カミンチユ》

日本語《ヤマトグチ》使ふ京太郎《チヨンダラー》哀しけれ念仏唱へ物乞ひてゆく

かはたれの畔《アブシ》に鎌を研ぎすまし露もろともに稲刈る父は

母の洗骨

まとひたる黒絹のなかに保ちゐる体位よ哀れ骨の母なる

たつぷりの水に濯げる母の骨わが漂ひし母の海顕つ

とこしへの土に還さむ母の骨濯ぎの水に浮けるかなしも

若き日のましろき腿を支へたる骨よ肉ほどしろくはあらぬ

わが寄せし愛より多き愛の数いだけば母のばらばらの骨

濯ぎ水に沈めし母のうす青き眼窩に終の空映さしめたる

われを打ちし母の手指の骨のあひ海はすっぽり嵌まりてゐたり

銀ねむの樹下に洗骨終はりたり母の骨はもその花のいろ

十人の子に分かちたる愛紡げ甕に整ふる母の骨鳴る

丹念にわれに洗はるる骨の母鳴りつつ哀しも骨肉といふは

にんげんの果てのさみしさからからと母の洗骨厨子甕に鳴る

蓋閉づる前に振りかくる泡盛に骨に添へられし　簪《ジーファー》　耀らふ

厨子甕の蓋とり母の洗骨に終の太陽入れまゐらする

母の骨甕を納むるひとときをうつしみわれらが乱すあの世を

兵隊にて死にし弟のからつぽの厨子甕を母のに添はしめて置く

うす青き空気流るるあの世かや祖先の骨甕藍いろばかり

墓の奥処祭らるる位牌の金の文字曾祖父の名までは記憶にあるも

まことここは無の世界なる死の順に並べる甕の骨乾きつつ

墓の壁距ててうごけるにんげんありいつかはここにゆきつかむため

女のほとになぞらへ作らる亀甲の墓の戸口はわが入りかねつ

常闇の墓のうち処よにんげんの持てる五官をここにさびしむ

石戸ぬけて死者のたましひ遊ぶべし墓の亀甲にもゆるかげろふ

わが死者の喚び聞かせよ盆の夜を燃やす紙銭のけぶりがのぼる

直太の海とわれが名付けてかなしみし銀ねむのあひにかぎろふ海や

兵に征き生き埋めにされし弟よおまへのうへをゆきかふ車

良太の死

制服のちぎれの血の染む名札標・中二・O型・桃原良太

O型の血潮のすべてを地は吸へりこのばらばらはわが生みし子や

顔裂かれ子は死にたれば眼の下にありし黒子も見むに術なし

足のみは完けくありし子を納るる棺には破れしズックの靴も

今朝をわが切りてやりたる指の爪見れば紛れなき吾子のばらばら

わが分けし生命はわれに還さむと子のししむらを衣に整へぬ

縫ひつけし名札の子の名の文字除け上衣にしぶきし血糊見るかな

身を裂かれ死ねるを焼きし子の骨を拾ふちりぢり時過ぎにけり

子の通夜を誰か歌へる「海ゆかば」「君が代」「はやぶさ」の歌かすれゆく

一瞬に爆ぜたるからだ見おろしてをりしか子の魂うろたへながら

死にし子のポケットにある黒砂糖けふの三時のおやつなりしを

十死零生の特攻兵君が殺めしはわが子良太ぞ互みに哀し

還り来し夫のおだしきひげづらを見つつ子の死を告げやらめやも

肉裂けし子ともろともに燃え尽きよわがうつせみの母といふ名の

なつかしむ如くしばしばも名を呼べり子を殺めたる特攻兵の

子のうへに突込みて来しかの兵の住むてふ北国は地図にとぼしも

流線の機首美しき三式戦のわが子の良太を切り裂きにけり

靴ぬぎてひとり歩めり子の血潮吸ひて三十年経し土のうへ

声あぐる間なく死にたる子の声か島をめぐりてきこゆ海鳴り

子を殺めし三式戦といふ特攻機の日の丸のマーク顕ついまもなほ

血のおどろ紡ぎて胎にかへす術あれよからだをうしなひし子の

戦争に死にし子のこと語るわが物語めく唇をかなしむ

血の染みし帽子とシャツと子に関はるもの始末せむわが生ける日に

子を殺めし特攻兵にわが見せし笑顔の嘘をとはに悲しめ

いくさにて裂かれしからだ後生《ぐしやう》にて必ず直してあげるから子よ

フォーギブ・バット・ノット・フォーゲット・めぐる子の忌よ四月一日

＊

闇よりも深き黒なれ子の通夜の灯火管制の灯のこぼつ光

往きのみのシャトルもあれなばらばらに裂かれて飛びし子の魂が乗る

洗骨せし子の骨今も匂ふなりわがふりかけし涙と泡盛

子の血糊固きずぼんとシャツ濯ぐ裂かれしからだのままに破れし

死にし子の全身包帯巻かれつつどこかの画室の石膏の像

中学の二年になりし日昭和二十年四月一日子は死ににける

その朝ともに韮汁啜りたる子はその夕べ裂かれ死ににき

わが良太の四十年忌よ好みゐし西瓜店頭に血のいろ抱け

湯気だてる白飯ユウナの葉に盛りてわが呼ぶ良太・良次・良三

逝きし子のけふ五十歳の誕生日背広に替へやらむ学生服を

追補・戦中戦後

あべこべの向きの自決のさま淋し牛島中将と長参謀長よ

手探りにゆきつつわれはつまづけりぬめれる二百五十キロ不発弾

からからと骨鳴る丘やざわざわと骨揺るる海や戦ひやみぬ

頸動脈剃刀をもて切りさきし集団自決は詩にはならざり

指揮官は愚劣兵隊は優秀と日本軍を評せりアメリカは勝ちて

上陸前に沖縄語《ウチナーグチ》を習ひしとぞ米兵が言ひけるYOU・美人《チユラカーギー》

乾きたるみどり揺れゐる冬の森骨化終はりし兵が揺れをり

爆ぜにける山に夕日は張りつきて死者の血潮を吸ひとりゐたり

死後のこと誰にせよとや担架に乗せ門に捨てある日本兵のかばね

はだけたる乳房の尖りの淡きいろ胴体のみのをとめのかばね

肉は地に心は空に還りたる兵の白骨杜に鳴りたり

山羊のごと草を食み来しかなしき胃米兵がくれしハムを拒める

東洋一を誇りし伊江島飛行場は自らの手もて爆破せしなり

台湾より先に沖縄攻略を決めしニミッツ司令官を憎むにあらね

またの生は樹と生まれ来よ死者のうへ伊集《いじゅ》はさかんに花粉飛ばせり

砲弾にひらたくなりし弁が岳。校歌はかなし「仰げば高し」

かばねより脱がせて着せし軍服の袖口を子は地にひきずれり

前向けば米兵ふりかへれば日本兵島人あはれ死ぬよりなかりき

ひとびとは唖になりゆけ「沖縄語使ふはスパイ厳罰に処す」

八月十五日を待たず沖縄死にきその六月二十三日より蘇るなく

おむつなど干されし軒に銃口を向けゐしが米兵撃たずに過ぎき

負傷者も死者も轢きて過ぐる米戦車「草むすかばねかへりみはせじ」

生き地獄よりも後生《ぐしやう》を選びたる自決の女のほほゑみ湛ふ

梢削ぎし弾は米兵が撃ちしものかかる余剰を日本は持たずき

*

新しき戸籍を大和名に変へし人の濃き眉しかれど琉球の顔

豚一頭と土地百坪を換へにける女よ飢餓に泣く子あやせり

全軍労のストを静観せし日本よ沖縄は日本にあらぬといふや

批判なかりし沖縄《ウチナー》の歴史かなし今基地をゆるし自衛隊を許し

かならずや本土の沖縄化来たるべし安保条約の言葉になじみて

殺戮のつぎて地球におこれるは人間を作りし神の誤算なり

日照りつづき裂けたる甘蔗の畑より吹くは火の風《ヒーカジ》いくさの色せる

あこう樹の影に黒人兵がラッパ飲み。コカコーラーといへる飲みもの

軍備あるは安心といふならば基地持つふるさとが最もよろしからむ

沖縄人殺めし米兵うやむやか無罪なり裁くはアメリカにして

地球をあげ軍拡軍拡とどよめけり愛するものを失はむため

夫や子の責めを一生にこもらせて哀れ米兵に犯されし女

青信号に渡る中学生を轢き殺し帰国せし米兵のその後を知らず

サイパンに死にしも多くは沖縄人かく日本に仕組まれたりけむ

城あとの石垣に沁む血の歴史思へやまろく石は摺れつつ

復帰とは本土並みとぞ本土並み海は汚れて珊瑚死にたり

生きのびることは絶対に悪なりきその悪をひきずり歩むいつまで

ふるさとは遠くにありて思ふものゲートに立つ兵の腰の銃をどれ

水溜めてゐし厨子甕に祖先の骨戻せる墓壕いくさやみたり

紙銭燃す匂ひたちこむる盂蘭盆の空によそものの魂むせぶ

基地の響みやむ夜の更けのせつなかり遠干瀬の鳴りきびの葉の擦れ

日がな人を殺むる訓練する基地に光れる教会のクルス

けだものになること公然と許さるる戦争欲るらし地球の人ら

アメリカに寄るなく日本《ヤマト》にすがるなく再び武器持たぬ島に戻らな

祖国といふこのなつかしき憎きものわれらを戦にかりたてにしは

ふるさとへの便りに県名書きし日の心昂りよ復帰十年

弾痕の癒えて瘤なす梯梧樹が爆弾いろの花咲かせをり

農おこし庶民いつくしみし阿麻和利《あまわり》の勝連城《カッチングシク》はわれのふるさと

沖縄語《ウチナーグチ》英語日本語巧みにて基地にたくまし喜瀬富盛氏

競ひたつ各県の塔の碑の文はもおほかた戦に死にしを賛へて

殺めたる人の血のいろ基地の上に降らせて太陽の嗤ふ声する

沖縄（昭和五十四年より昭和五十九年に至る六年間の作五百二十八首）**完**

あとがき

桃原邑子

私は沖縄人《ウチナーンチュ》です。沖縄にとって一番ひどいことは、あの戦争の戦場となったことでした。私はその沖縄のみんなの人の悲しみが詠みたかったのです。けれども非力な私は、その限界をも思い知らされました。

はたしてこれが詩でなければならない歌でしょうか。昭和二十三年頃、九州のある歌誌に戦争の歌を送ったら、戦争は歌にはならないと言って載せてはくれなかったのを覚えております、その否定した理由もわかるような気がしました。戦争の歌は単なる報告に過ぎない場合が多いからです。私の歌もそのごたぶんにもれないのかも知れません。一方、わが子の無惨な死の歌をひとの前に晒したくないという思いもありました。それで戦後三十年間ほど相聞風な歌を作ることによって、その悲しみから逃げようとしてきたのでした。

さいわいに「地中海」は私の戦争の歌をも大事にしてくれました。これらは、昭和五十四年から五十九年までの六年間に「地中海」に発表した歌を集めました。選歌、編集の一切を香川進先生、出版のいっさいのお世話を山本友一先生のお手をわずらわすという、このようなきしあわせに浴しました。厚くお礼を申しあげます。また、「地中海」の私の歌に毎月のように励ましのお手紙をくださった他結社の方々、「地中海」のなかまの方々にも、心からのお礼を申しあげます。

ある日、香川先生から「沖縄の歌は、もうストップ」と言われました。「いいえ、やめません、死ぬまで作りつづけます。」私の答えでした。息子の良三曰く「これが戦争に息子を惨死させた母親の歌か、なまぬるいなあ。愛情も悲しみも風化したとしか思えない。」嗚呼。

昭和六十一年六月三十日

沖縄の方言には片仮名でルビをふりました。どうしても訳のできぬのは、そのままにしました。

『桃原　沖縄Ⅱ』（新編集）

平成十五年六月七日刊より抄出

沖縄　―昭和60年

夜もすがら肉体離るるたましひの叫び聞こゆる野より森より

手足なき死者の鼻梁をかげらして慶座絶壁《ギーザバンタ》に青き月射す

草いろのジープのほろのめくれより手を振る兵の眼を憎みたり

集め積みし薬莢万個に注ぐ雨ぶちぬきて来し人の血洗ふ

いかならむ神棲まはする人殺むる演習終へ来て十字切る兵

長寿日本一失業者日本一基地日本一の核蔵《しま》ふ島

万人の基地の兵隊を養ひてアメリカは哀れ平和も哀れ

日本兵に強姦されて気の狂れし女舞ふごとくゆく石畳

ここに果てし万の青春燃えたたせいくさやみたる山や野の萌

重なり合ふ死体除けば萱草のたちのぼらするほのけきほめき

シュガーローフに張りつきゐたる屍らが吸ひ込む夕日長く燃えたり

爆風に飛び来し黍《きび》の一節が浜辺の岩に角ぐむ哀れ

かの戦に死体はまりゐし海溝を覗き楽しむグラスボートに

実戦の射撃演習が呼ぶ快楽、ときにあやまちて味方殺めよ

核の格納庫いづく基地フェンスに赫々太陽《テイダ》はじけてゐたり

アフリカのひとびと飢ゑに死ぬるとき億の金にて建つ核シェルター

不沈空母・太平洋のキーストン蠢く虫けら沖縄人《ウチナンチユー》なる

幾重にも地球に着せらるるオーバーキルもはや誰にも脱がす事できぬ

演習といふ名の平和いつまでぞ実弾しばしば民家に降れる

アメリカの敵の標的となる日本まづは基地ある沖縄の島

この次の戦に少しく近づきしを成果となして演習機帰る

四十年の風化ありありとひめゆりの塔の映画のセンチメンタル

ひとの骨層なす地の奥ひつそりとオモロとユーカラわが伊波普猷

伊波普猷《いはふゆう》…（一八七六〜一九四九）
那覇市出身の民俗学者、言語学者

戦争の凄惨詠む歌ことごとく生命なる詩は闇へ逃げゆく

生き残り一人も在るなふるさとの次の戦のザ・アフターディ

*

四十年経し今戸籍簿見つかりて夫も良太もまだ生きてゐる

六十度の泡盛子の骨にかけやれりしばしを酔ひて痛み忘れよ

これほどに悲しきことのまたとある子の四十年忌の法事わがする

戦にて死にし子の血の色ばかり顕《た》たせて四十年間のわれの夕日よ

島人の疎開の機をば逸せしと言へどほんたうはどうでもよかつた

戦争に邪魔な老人女子供失せろ失せろと海は鳴りゐき

芽吹きたる草木ごもりに光れるは子を殺めたる三式戦の機首

子のぶんまで生きてと賀状に書きしより行方不明のかの特攻兵よ

戦後四十年われのかなしきけぢめとも亡き子を詠みし歌集闇いろ

四十年乾くなかりし母といふ涙壺かも花挿さず来し

戦争に死にし子の魂写すネガ天いっぱいに張りめぐらせり

いくさにて死にたる子への悲しみをすりかへ来しよわが相聞歌

＊

六月二十三日沖縄負けし日雨だつた四十年後の今日の晴天

木麻黄《モクモー》の枝に首吊り揺れゐたり集団自決にはぐれたるひと

腑分けのさまに弾はぜ胴体のみのひと榕樹の気根にのけぞりをりき

泥と血にまみれし死者の山積みに八月の太陽容赦もあらぬ

人間の戦死者の万を嘆かひて鳥獣の万死を置き忘れけり

この道は摩文仁への道死への道足悪きわがついてゆけざりし道

虐げられし歴史ありありと矮軀なりし島人を長身に変へしアメリカ

市場《マチグワー》に客呼び稼ぐはみな女易々とぶつ切る豚足《あし》テビチ

平和通りに人溢れ店溢れなまぐさきまでのパパヤにパイン
　パパヤ…パパイヤのこと

戦の日の死者がこぼせる蛆のさま宵々を研ぐ米のさらさら

血のいろの巨き太陽抱きとめてホワイトビーチの艦トマホーク

終戦を告げたまふ天皇のみ声かもああ半年をはやく聞きたかつた

自決未遂の女ののみどの洞なして四十年間地獄の気噴く

子供が泣けば敵に在り処が知らるると毒注射せしを友軍と呼ぶ

浜に積まるるテトラポッドが顚《た》たすなる軍医が断ちし兵たちの股

照りゐるは石油貯蔵庫平安座島いくさおこらば天国を焼かむ

君もまた生き延びにける軍人か生命賭すなどと大嘘をつき

宇宙に浮く微塵の如きこの島の戦争詠む歌が放つ虚しさ

戦争とは死です殺しです気の狂れしふりして凶器ふりまはす快楽

生き延びて戦争反対して欲しかつた牛島中将四十年忌

戦争の加害者は軍部いやそれを許しし民衆いや教育者

住民はごみ兵隊は消耗品戦の掟しかと守りき

兵隊の階級高きは生き延びて次の戦争の準備してゐる

沖縄　―昭和61年

自衛隊に入りし沖縄青年の机のなかひそかに調ぶるやまとのこころ

退屈とホームシックにて沖縄人殺めし米兵の気持もわかる

米兵の首断ち切りし日本刀顕《た》たせて中天の縦割りの月

雲海の下に雲海湧く如く今満開のさたうきびのはな

グラマンを見て震へゐし小島少将あれがほんたうの人間かも知れぬ

この空にひしめく死者のたましひもくるみてつぎつぎ開く落下傘

朝より殺しの音をたつる基地　死ねば物質。死ねば物質

武器持たぬ国なる君ら黙つてろそれとも今一度玉砕するか

戦前よりくらしが豊かになりしこと基地あるゆゑと思ふなよゆめ

スパイとて友軍に首をはねられし人の胴体の震へその子見てゐし

武器は鉈、鍬、竹槍ぞ敵兵を一人十殺と励ませし長参謀よ

銃後の母前線の父よ子供らは飢餓にて死にしを国敗れたり

戦場のつづきに基地を容認せし日本の心忘れられるか

核はぜてふつとぶときにぞくぞくと出で来よ地下の骨の兵たち

ふるさとはここにてあれば住む処ここよりなければああ基地の島

子孫への核といふ遺産を閉ぢこめてわがふるさとはパンドーラの箱

アメリカの沖縄研究資料二七〇トンその一行よ沖縄は日本にあらず

米兵がどうしてもわからぬといふ一つわが大君の辺にこそ死なめ

君が代も日の丸も戦争の惨呼ぶを耐へて歌へよ掲げて慣れよ

君が代日の丸拒否すれば首ですかかつてのレッドパージのやうに

アメリカの基地のため島人をボリビアに移民させし日本を許さず

いくさ敗れてすばらしきかな憲法第九条。徴兵制なき最高の国

大統領レーガンが演ずる西部劇胸すくまでに世界を撃つも

被さりゐるアメリカの核の傘のけたくて軍拡すすむる日本ならずや

核を持つ国に朱線をひきをれば確かに亡びへ回る地球儀

人間の知恵の限界嗤ふ声米国のシャトル爆ぜソ連の原発の事故

有事の際の滑走路といふ道に車溢れ人溢れ物溢れ

慰霊の日に平和誓ひし人たちが選挙に軍拡の人選びをり

豪華競ふ各県の塔のはづれひつそりとアイヌの南北の塔

空に散りし兵の真白きマフラーか五月の森にさやぐ鉄砲百合

既婚なる証の入れ墨手《ハジチ》の甲に女の泪は青き花なす

とりどりの瓶のキャップを宿として島の渚のヤドカリ哀れ

＊

宝物の如く蔵《しま》へり子を殺りし兵が忘れゆきし風防眼鏡

沖縄の空のがれ来てわが空に遊べよ吾子《あこ》よ今日盆の入り

ちぎれ雲徐々に寄り合ひ流るる見つつ子の魂のちぎれ繕ふ

穴あきしアルミの弁当箱なりき一度銀飯を詰めたかつたよ良太

戦争の惨を詠み来し三千日の三千首の歌のただうはすべり

死に死にて死んでしまつたらよかつたにいつまでわれの戦争のうた

島人の四人に一人の死をのがれ生き来し四十年のわれのからつぽ

四十年武装を解かぬわが胸を標的にせよ米兵たちよ

公然と人を殺めし戦争の快楽再びと欲るにや男たち

からだ裂かれ死にし子顕《た》てば魚も肉も菜刻むさへかなしきものを

ああ卯月戦争に子を死なせてより四十年間のわが鬱淀む

面輪わかたぬまでに褪せたる一枚の亡き子の写真に告げ来し万語

子のむごき死は嘘だつた夢だつたそんな朝来ぬかエープリルフール

無防備のわれとはなりて入りゆけり霧やはらかきホワイトビーチ

裂かれ死にし子の肉片に花のごと紫斑開くを衣に整へき

もういい加減僕を忘れてといふ声して亡き子の写真の泣き黒子かも

他のひとの悲しみわかる心教へてくれて亡き子よありがたう

子の血潮吸ひし地に来て拾ひたる小石一つがポケットに鳴る

夫や子を亡くししは沖縄人だけぢやない解つてをります曽野綾子さん

私にはためく事なき日の丸よ子を殺りし三式戦の胴にはりつき

四十年前に巻き戻したるネガよ良太はその今日生きてゐました

わが良太の十四歳の生命閉ぢし四月一日四十一年忌

ほんたうにエープリルフールであってくれ四十年前に良太死にしも

沖縄戦の歌いい加減に止めなさいいいやいや死ぬまで続けるのです

詠みつづくる戦争の歌嘲《わら》ふ声降らせて今日の空のファントム

日本《ヤマト》なる器に盛りしわが歌の哀れ琉球の心逃げゆく

たましひの世界は痛みなどあるなからだ裂かれて死にしわが子よ

死んだ場所にたましひ遊ぶか夕焼けのそこに集まり炎だちたる

四十年間を亡き子に詫び来しよわれも戦争に加担せしひとり

刻みある児の名も摺れて健児の塔さながら教師の思ひの風化

死んだ子の自在な魂が見せてくれる風景はいつでもさんさんと赤

わが良太殺めしかの兵もこの国のどこかで人の子の父となりゐよ

沖縄　―昭和62年

基地なれば演習の飛行機もヘリコプターもときに民家に墜つる当然

干ばつに砂糖きびみな枯れ果てて大東島に噴きあぐ火風《ヒーカジ》

求愛の動作三線《サンシン》ひく如き鋏よオキナワハクセンシオマネキ

人間が勝手におこす核戦争の巻き添へとならむ鳥獣哀れ

米ソ戦の戦場はもちろん日本です日本は核には慣れてをります

核疑惑のせて飛来のＢ52が截る島の空が降らすみづいろ

軍事用に使用されるは必至ですだから作るのです石垣空港

ホワイトビーチに原潜嘉手納にＢ52海空核の疑惑に震ふ

まつ先に沖縄亡び日本亡び米ソ亡びむああ核の恍惚

人間は地球の癌なりおもむろに転移しつつ自然破壊す

ハリアパッドなんで山原《ヤンバル》でするのですかアメリカ大陸広いのに

山原《ヤンバル》も白保の海も消え失せろ失ふ何も持たねばすがし

敗けたことなかつた日本に戻したく軍拡響《とよ》む紀元二千六百四十七年

終日をＧＰ３１２の発射音読谷小学校の校舎ゆるがす

客観し驚嘆し懐疑し計算し米ソが核競ふかきくけこ

復帰後も基地の中なる沖縄県星条旗よりひくく日の丸揚げて

オーケストラの君が代演奏に聴衆の憑かれし如く不動の姿勢

トマホーク搭載原潜ヒューストン。ホワイトビーチを黒く滾らす

息ひきとりからだ萎える子を抱く母のかなしみ海鳴りの碑よ

米軍の自然破壊を糾弾するＮＹタイムスへの広告料六百六十万円也

二万五千の人間の鎖に包囲されし基地の米兵の腰の銃きらり

迸る電流となれ二万五千の人の鎖に土砂降りの雨

沖縄県民屈辱の日四・二八即ち平和条約発効の日忘れず

アメリカの仮想敵国ソビエトを憎む気持にどうしてもなれない

ヘリ・パッド、ハリアパッドと騒ぐ島本土の人にはみんなよそごと

＊

七百部の「沖縄」忽ち品切れといふはわれへの憐憫ぞ哀れ

花鳥風月詠みて歌人らのどかなりＢ52がＢ１に作り変へられる日を

四十年溜りつづけし涙壺割れてしまへよ歌集「沖縄」

子の惨死詠みたる歌集の載る新聞かの兵の眼には入らずにあれ

このむごき母を許せよ戦争の惨詠みし「沖縄」良太に供ふ

ま裸に等しきわれが何祈るキリストの腰掩ふ粗布みあげつつ

本籍地首里市赤平町一丁目半焦げの戸籍簿にやうやく読めて

新聞に載りし日本の大戦果スクラップして亡き子のノート

われがゆく処にお前はいつもゐるいくさに裂かれし魂の断片

初雪を有田の藍の皿に盛り雪を知らない亡き子に供ふ

沖縄　―昭和63年

貝殻よりプラスチックに居移ししヤドカリなるやわれら沖縄人

ものくるる人こそわれらの御主《ウシュ》といふひとらが基地をゆるす心よ

三沢基地の核の脅威を強調せしソ連書記長よ沖縄の核には触れず

サシバ渡り新北風《ミーニシ》吹き初むるよなき季《とき》を天皇来沖の国体騒ぐ

基地のなかの沖縄県を見てたぼれわが天子さま御主加那志前《ウシュガナシメ》

御主加那志前…国王のこと

君がため鴻毛よりも軽き生命が一転命《ヌチ》は《ドゥ》宝《タカラ》とぞ海鳴りしるき

国体の過剰警備が見せつけしやはり沖縄は日本にあらず

日本兵の島民への惨き行為見て来し眼に虚し「ある兵の戦記」

一徳丸の被弾は遂にうやむやなるたかが一隻の漁船といふや

白旗を掲げ投降の写真の少女の身元判明せし国体のさなか

祖国のために死ねずおめおめと生きのびて長寿県とぞ悲しからずや

壕わきに血塗られてありしを顕《た》たせつつ冬庭を灯す石蕗の花

飲食店に催涙ガスをぶち撒ける米兵よ平和とはかく退屈にして

米軍の飛行機・レーダー・ミサイル等の高性能半導体はみな日本製

国の補助一千億円米軍六万人の落す金いよいよ深まる基地への依存

チェルノブイリ原発事故の一億六千万倍の破壊力とぞ米ソの保有核

二十万の死者の血吸ひし地に咲きて寒緋桜の花のくれなゐ

あけつぴろげの飛行場過ぐればフェンスの七重八重なす木立濃き処

復帰前を貯蔵せし核の処理は問はずひたすらに祝ふ復帰十六年

基地フェンスに沿ひし瀟洒なマンションは米家族用日本が建てし

沖縄への国の補助金最高にてその裏側の限りなき闇

朝礼の教師の言葉をちぎりゆく米軍ヘリよここは読谷古堅小学校

基地縮小直訴の知事にアメリカの答へは「確かに聞きました」

ラッシュ時のバスレーンを列なし突走る米軍車輛よ安保優先

＊

子を殺めし兵がかぶりゐし飛行帽四十余年を拭ひ蔵《しま》へり

6・23の慰霊の日を亡き子に告ぐるとき町の六時のサイレンひびく

沖縄　―昭和64年・平成元年

攻撃戦闘輸送支援指揮管制情報スパイなど三十三種の軍用機飛ぶ

仮想敵のあまた殺めし恍惚に米兵の抱くライフルの照り

ヘリ墜ちて死にし米兵の悲しみは言はずマスコミもまた住民も

基地経済の上に成り立つ金武《きん》の町かんにん堪忍と爆ずる照明弾

日本一の県への補助金に惚けゐよ核にて亡ぶはまだ先のこと

安保は国守るため基地がいやなら出てゆけ住民は邪魔なり

欠落せる昭和の年号二十七年間沖縄は日本でもアメリカでもなく

西暦のみの生年月日持つ沖縄人の淋しさはおそらく君には解らぬ

アトミック・バイオロジカル・ケミカルの頭文字ＡＢＣよ人殺し兵器

二千万人の成人が文字を読めぬといふ世界一の核保有国アメリカ

屋根の真上飛ぶヘリ騒音にも文句言ふなここは基地内の黙認耕地

昭和天皇讃ふる大和人の歌読めばかなしかりけり棄民沖縄

沖縄戦後処理の天皇のメッセージ25年50年それ以上の米統治を希望す

動物的忠誠心と大宅壮一のたまひしを内にうべなふひめゆり部隊

因循姑息無気力無節制国体観念ゼロと沖縄人を評せし明治の大和人

行き逢へば兄弟《イチャリバ・チョウデー》といふ訳にゆかずジープ満載の迷彩服の兵

道路工事のショベルカーが地下より掬ひあげし人骨、不発弾の鈍色

米兵に銃口むけられ壕出づる写真の老人父にあらずや

給水路を断ちて住民を水攻めにする米軍事演習を大和人よ見て

ヘリ墜落不時着山火事流弾事故のべつ幕なけれど空の碧さよ

核搭載機水没事故を二十四年間黙りつづけたアメリカの卑怯

核搭載機水没は沖縄近海だからほっとしてゐる大和の心

ありありとケァ氏の記憶よ日本本土安全のための琉球処分

港ある町のリゾートにはあらず戦争前線基地のホワイトビーチ

少女わが泳ぎしホワイトビーチきらきらと平均値上回る放射能の波

ソ連軍の電波にきき耳たつる「象のオリ」のフェンス撓へり読谷楚辺

＊

わが幼のおむつ干ししはこのあたりフェンスのなかの読谷座喜味

沖縄　―平成2年

放射能毒ガス漏れの事前察知に放牧の牛山羊遊ぶ芝山

年間の軍用地賃借料およそ六億円ホワイトビーチに淀む放射能

基地費用の全額日本が負担せよ。たうぜんでせう。日本を守るんだもの

国々の核実験のたび植ゑし反核の樹増えて平和公園

カタカナの看板並ぶ金武《きん》の街　ススメ　ススメ　ヘイタイ　ススメ

基地内の教会終夜灯りゐて聖夜やさしい米兵家族

反戦記者アーニ・パイルの碑を揺らしハリアー響《とよ》むよここは伊江島

共産圏のラジオテレビを傍受するＦＢＩＳの館白きホワイトビーチ

日がな人殺むる演習の虚しさに一人ぐらゐ脱走の米兵はなきや

琉球処分にて国土に加へし沖縄を戦場とし基地とし棄民せし日本

基地ゆゑに補助金貰ひて裕福と本土の新聞記者言へり　なるほど

基地事故への住民の怒り終はりなき螺旋階段ねぢ切れし空

演習の落下傘つぎつぎ開く下ダイエー投手の出すホワボール

振り上げし拳皺ばみ乾くごとハンタン山の赤木の弾痕

玉砕・勇戦・敢闘・偉勲・英霊など摩文仁の各県の碑文の熾烈

この地球人間のみのものなるや草木殺し魚殺しといふ言葉を聞かず

金あまりの東京マネーが買ひしめし恩納海岸のビル青空を裂く

住民の嫌がる演習続け来し米兵哀れ戦後四十五年間

ペルシャ湾イラクへ米兵発ちゆきて金武《きん》嘉手納の週末の寂

米軍は日本の傭兵となりにけり基地駐留費みな日本もち

仮想敵はソ連なりしよ恩納岳に米兵が撃ちし弾約二万発

ひとりぐらゐ飛び降り自殺といふはなきや落下傘降下の兵の金髪

*

墓庭に清明祭《ウシーミー》する馬氏門中の男らの名みな良の字がつく

清明祭にて墓庭に集ひし門中に良太と名付けしひとはあらずや

戦前の読谷山《ユンタンザ》は戦後読谷《ヨミタン》となりて置き去り来し青春昏し

沖縄　―平成3年

ソ連の脅威薄れし自衛隊がその存在誇示せむと征くやイラク戦争

喜屋武岬に撃ち込まれし砲弾680万発、戦の末期を乗せて移動資料館

死者の名も数も不明の朝鮮人慰安婦の青丘の塔朝鮮に対《む》く

基地縮小決定の後を陸海空こぞりて演習のすさまじき音

基地被害を暴力団一掃に塗りかへて沖縄一九九〇年のゆく

海外派兵せねば宝のもちぐされ軍事力世界四番めの自衛隊

米イラク戦へば真先に米基地あるおきなははイラクの標的とならむ

対空砲火は銀河の如く阿鼻叫喚の人らは映らず湾岸戦争

沖縄の朝日浴び来しＦ15がサウジアラビアの夕陽弾きをり

湾岸戦争に出動のＣＨ46ヘリ十一機搭載揚陸艦の名前「オキナワ」

遠街の灯が漁り火が顕《た》たするは湾岸戦争に飛び交ふミサイル

沖縄人を母親に持つ米兵が友軍のミサイルにて死にき誰を憎まむ

日本の九十億ドルの傭兵となりて多国籍軍の湾岸戦争

湾岸戦争の死者ら遺族らの怨念が凝るか二月二十八日の星空

百年以上燃えつづくるといふクウェート油田よ吐け吐け煙人間の愚を

イラク帰りの戦車装甲車が砂漠色の硝煙ふりまき慰霊の日なる

戦後四十五年間沖縄は戦争の加担者よ朝鮮ベトナム湾岸戦争の基地

公約の基地全面撤去を削除せし訪米要望書よ哀れ大田昌秀

＊

一本の榕樹は祖先の馬氏のごと垂るる気根の一つ桃原

うりづんより若夏へ向けて梯梧並木が架ける朱の虹　本部大橋

不発弾　人間の遺骨層なして沖縄戦のタイムカプセルよ龍潭の池

岩にむしるモズクのやうにとろとろと少女期はあり今日は浜下《はまう》り

一斉にわれにむけくる憐憫の眼よ鉄砲百合は口径閉ぢて

浚渫される龍潭池の不発弾人骨にからまり出て来よわがラブレター

無数なる気根はをとめのばさら髪榕樹の瘤なす弾痕に巻く

沖縄　―平成4年

ベトナムの難民は長崎へ長崎のサシバは宮古へ新北風《ミーニシ》の季

かの戦に住民をグックと呼びにける米兵よ訳して粘ねばして汚い物

富国強兵・大東亜共栄圏の夢よ今一度と軍事予算世界第三位の日本

平和協力といふ名美しＰＫＯきらきらピストル・日本刀

平成三年度の嘉手納の空が降らしたる安保の騒音二五二三〇回

防衛施設庁が植ゑたる一三〇本の夾竹桃の錆びみどり基地の柵なす

基地めぐる夾竹桃を揺るがしてつぎつぎとＦ15のタッチアンドゴー

演習機の爆音と合はせぱちぱちと真昼間をパチンコ屋に人溢れゐる

汝殺す勿れ盗むなかれ姦淫する勿れのバイブルの例外兵といふ職

全国戦没者追悼式の日の丸に凝れる三一〇万人の曝し首

極東地域での日本軍事力の台頭を防ぐと言へり米軍の沖縄駐留

ＰＣＢ汚染土なるを知らぬまま処理作業に励みし日本人従業員

復帰二十周年の本土並みとは終日基地フェンス揺らす爆音

銀ねむの下に抱き合ふカップルの囁きは沖縄語ならず日本語ならず

伊集・月桃・鉄砲百合の花匂ふ島は若夏ブラウスの白

*

母の臨終の報受けてより三つき経てパスポート下りきかなし沖縄

沖縄県中頭郡与那城村屋慶名一〇七八番地わが生まれじま

57世帯中一家全滅16世帯西原町桃原に仰ぐ運玉の森

国民を戦争にかりたてる記事溢るる昭和十七年の新聞・冥土印日本

どこゆくもブーゲンビリア仏桑華血の色にかの戦の惨吐きつづく

海に沿ふ与那城村字桃原の桃原小学校を訪ひける桃原邑子

サンパウロ土手にスパイの眼して見渡す基地よ核シェルターは何処

健児の塔に並ぶ教へ児伊計学の文字撫でゆくうりづんの風

わが腓透かせし潮みるみるに干きてあをあをアオサ浜下り

五十年ぶり出現のハンタン山の石畳道よ女学生わが歩みける

願はくはわが死後の骨撒いてくれ白保の青き珊瑚の隙間

いつまでをあの戦争に拘り続くる吾はオキナワン・ブラックシープ

いい加減に戦争の歌やめて相聞歌に戻れよと三郎言へど朱の仏桑華

三郎…足立三郎

橋架かり島チャビと共に消え失せしわが少女期よ伊計宮城島

島チャビ…孤島苦。離島の人々の生活苦
現在では沖縄全体をさす言葉

沖縄　―平成5年

ソ連といふ仮想敵消えて余剰となりし砲弾撃ち込まるる哀れ恩納岳

復元せし首里城の朱塗りが噴きあぐる万の死者らの凝れる血潮

首里城の屋根に棲む二十三匹の龍が牙むきわれに吼えをり

だんじゆかりゆしの歌湧きあがれすめろぎの糸満戦跡にての植樹祭

だんじゅかりゆし…沖縄民謡。旅行の時、その家族が航海の安全を祈って歌ったもの

従軍慰安所跡にくねれるユウナの木に雌かまきりが雄食べてゐた

米軍への思ひやり予算今度は光熱費米家族マンションの灯り煌々

沖縄の春の先触れチームスピリット基地発《た》つハイテクが降らす轟音

分け入れば山また山ようりづんの山原《ヤンバル》濃緑に汝が額染むる

タンカンの痘痕《あばた》のやうな皮むけば迸りくる山原《ヤンバル》の香り

桜は緋　イタジイは緑　菜の花は黄　松瀬トヨ子の安波茶《アハチャ》うりづん

安波茶…浦添市の中央部の地名

沖縄の土にならむと眠りゐる遺骨の兵らを掘り起こすなゆめ

掘りおこせし頭蓋の眼窩に詰まりゐる兵らの涙の赤土のいろ

四十八年めの慰霊の日　天国の軍人名簿に光れよ名嘉村清一

身を乗り出し聞きゐる児らよ金城実の沖縄住民殺めし友軍の話

辺空が最も愛したアカバナー花芯さらけて後生花なる

*

五十年忌を母にさせるのと呟けば少年の良太のほほゑみ返す

沖縄　―平成6年

世世世世世唐世うるま世アメリカ世いま大和世にわが世揺れゐる

うるま…琉球のこと（雅名）

不発弾処理　急患空輸　土木作業を任務とし島人に愛されし自衛隊

死者の骨剥がし植ゑたる美《チュ》ら福木に憩へよギルー・運玉《ウンタマ》の森

ギルー…運玉ギルーという伝説上の義賊

基地撤去は芋と裸足に戻る事と演説せしアンガー弁務官よＯＫです

殺すより殺されるのがまだましとわが仰ぐ茜の空を裂く戦闘機

米軍にあらず自衛隊のＰ３Ｃ送信所建設とぞ騒げヤンバルクイナ

奏づるは戦争讃歌よ知覧特攻兵資料館、摩文仁ひめゆり資料館

追はれ来て摩文仁の絶壁《ハンタ》に身を投げし人らの転生ピンクの珊瑚

沖縄の昭和史の生き証人那覇泊の国吉真哲は大木の梯梧

紅型のやうな葉桜茂らする金城昌太郎のうりづんの庭

砲弾の爆ずる嘉手納の基地のフェンス囲み島人の弾く三線《サンシン》の音

嘉手納基地訴訟の敗訴よ「日本の平和と安全を守らむがため」

日本一横文字の看板多きコザ市を沖縄市と名変へて二十歳

墜落せしF15の傍《かたへ》黙々ときび刈る農夫よ黙認耕作地

戦中より戦後五十年間を愛でて来し楽章と思へ基地のたつる音

基地撤去アメリカへ直訴の大田知事に答へは日本より聞《きこ》ゆ安保優先

沖縄の太陽の下にぎらぎらと忠君愛国を噴きあぐ各県の慰霊碑

県道をゆくわれの頭上をかすめたる砲弾忽ち恩納岳に爆ず

後の世に「アンヤビタン」の声を浴びむ敵の標的となる基地許す島

アンヤビタン…「そうでした」の意

猛暑にて発火し白煙噴きあぐる戦後五十年経し野の不発弾

＊

亡き良太の六十二歳の誕生日一月十五日を夕焼くる島

身裂かれし子の血を吸ひて五十年経し地を撫づるうりづんの風

八重岳の四千本の桜花五分咲き祝ふ良太の誕生日

ヨナグスクがヨナシロと読みの変はりたる与那城やはりわが生れ島

涙を笑ひにすり替へて来し五十年軍事演習機が裂く空よ永久の碧

沖縄に帰つてもこの大和にゐても所詮わたしは他所もんにして

読谷に米軍上陸の昭和二十年四月一日に死にし良太の五十年忌今日

亡き夫も良太も帰省し祖先らと睦むか正月十六日《ジュウルクニチイ》

ジュウルクニチイ…旧暦一月十六日。祖先供養のまつり

われが足病みし日の水汲みしてくれし嵩原久男逝きにけり梯梧咲く島

戦争にて爆ぜたる桃原家の墓の上わが乗るバスゆく首里の石嶺

良太殺めし特攻兵の悔恨を思へば子の名刻めず平和の礎

沖縄　―平成7年

沖縄県五十三市町村のうち二十八市町村は基地依存にて「銭《ジン》ど宝」
ひもじい《ヤーサン》・寒い《ヒーサン》・寂しい《シカラーサン》に泣きし疎開児の一人当銘芳郎
国頭の樹海騒だつる米兵の服を迷彩に染め散るせんだんの花

またかとのみ話題にはならず米軍ヘリ墜落五人死傷報ず今日の新聞

大和に住む吾に慰霊の日ですねの電話くれし青木寛の声濡れにつつ

武より文重んじて来し沖縄に突き刺し抜けず基地よりの武の棘

港外に泊つるはせめてもの良心か原潜ひっそりホワイトビーチ

戦後五十年めを掘りおこされし八十柱の遺骨の眼窩に平成の陽注ぐ

大和世アメリカ世いまそのチャンプルー戦後五十年間基地抱く島

戦死者の骨も交るや、いつくまの浜の白砂足裏に温く

撤去願ひ普天間基地包囲の一万七千の人の鎖に響《とよ》む基地フェンス

桃原小学校の複式学級の六年生五名に飛び込み授業せし桃原邑子

お土産のコバテイシの葉は君が掌よ桃原小学校長新城勇さん
コバテイシ…モモタマナとも言う。シクンシ科の高木

元米兵　元日本兵よ君が殺めし人の名見つけ撫づるや平和の礎

平和の礎に刻まれし戦没者の鎮魂歌奏づる摩文仁のしるき海鳴り

迷彩服の兵らに一斉に花筒を向けて鉄砲百合よ名護七曲り

平和の礎の日本兵が一斉に喚ぶ日のあれ「天皇陛下万歳」

＊

五十回忌のミサあげて貰ふ吾子《あこ》良太いつまで中学の制服脱がぬ

どこゆくもやはり血のいろ仏桑華梯梧ポインセチア子の五十年忌

道となりし父良明の墓の骨星砂のごと照れ戦後五十年

戦にて墓失せたれば首里城の小石を仏壇に十六日《ジュウルクニチイ》

おそらくは終とはならむ里帰りの土産は形見のやうな古着類

しばしばもトウバルさんと呼び掛けくる仲程昌徳愛しき息子

潮ひけば徒渡りたる平安座の海　潮満々と海中道路

跛のわれはスルルングワーの如《ごと》跳ねて与那城町の桃原の浜

スルルングワー…スルルはキビナゴ、小魚。グワーは
「小さい」「可愛い」の意

演習機に切り裂かれても裂かれても碧いのですふるさとの空

機の窓に見おろす海の碧増せりさんさん太陽《テイダ》ふるさと間近

弟の十六日《ジュウルクニチイ》に訪ひゆけばいらつしやいませ《メンソーレー》と仏桑華の朱

かつてこの地に極東最大の米軍基地ありきと詠みたいよルミーさん

搭乗機のエンジンの音とともに抱きしむる青空の淋しさよ前田夕暮

吾子《あこ》裂きし三式戦に似し機首のF16が見すタッチ・アンドゴー

跛ひくわが手を取りて基地巡りくれし米兵に言へず「ゴーホーム」

F16の機首の流線形かなし吾子殺めたる特攻機に似て

いくさにて裂かれしからだ直してから礎に刻んであげるよ良太

永久の母の嘆きを放たずによかったよ平和の礎に欠落の吾子《あこ》

御国の為死ねと教へしわれの眼にあざらけし教へ児の名よ平和の礎

盂蘭盆のウークイの紙銭焼く煙昇りゆく天よ今日夫の三十三回忌

ウークイ…旧盆の最終日に祖先の霊を送る儀礼

沖縄　—平成8年

洋に浮く芥のやうな縄一条沖縄《ウチナー》哀れ太平洋の要石

組み歩む米兵の腕毛がわが腕を刺せば呑み込むヤンキーゴーホーム

那覇知念に迎撃ミサイルパトリオット配備の自衛隊の敵国は何処

朝鮮人慰安婦への行為思へば沖縄の女児暴行の米兵を詰れないよ君

軍隊が住民守らぬ事あの戦で百も承知よ基地抱く島

健児の塔の学友へのクリスマスプレゼント大田知事の代行署名拒否

太陽も演習機もビルの林立も眩しいから下向いて歩かう吾の故里

潮干けば　あつちいちやびら平安座島　昔みやらびに　わんや戻て

あっちいちゃびら…「歩いて行きましょう」の意
みやらび…成人前の美しい女性　　わんや…「私は」の意

たかが少女暴行事件にかく騒ぐ君らに核一発落とすぞと言へよ米兵

五十年さしかけくれし核の傘錆びて破れてふっ飛べよ今

長堂英吉の小説ドラマ「ランタナの花咲く頃」の伊計島は吾の故里

名護城址登て北向かて見りば里が庭ぬ九年母黄金実らち　（琉歌）

基地撤去願ひ組みゆくわが腕と米兵の腕の時計の秒針一致す

伊計島のいつくま浜に拾ひたる貝殻こん岑さんの絵の具の碧

岑さん…田中岑（画家・歌人）

米軍基地五十余年を許し来し沖縄の大概《テーゲー》嘲へよ慰霊の日来る

はたちのわが住みゐし読谷村座喜味が普天間基地の代替地とぞNO

普天間基地返還とて住民喜ばせしは基地転がしなりき癌の転移ぞ

＊

平和の礎に名前探したが見つからずの便りに遺影の良太にこにこ

爆ぜし時割れて香りを放ちしや特攻兵のポケットの香水の瓶

芒の穂飛びゆき織りし綿雲にくるまるか良太よ四月一日忌

隊員の名簿にも載らぬといふ特攻兵の名を呼びゐたり良太の命日

五十一年忌に焚く香煙のくるみゆく中学制服の良太の笑顔

清明祭《ウシーミー》のお握りユウナの葉に盛りて骨の母に対《む》き「召し上がれ《ウサガミソーレ》」

F16の胴の星マーク撫でにつつ憶ふ吾子《あこ》裂きし三式戦の日の丸

沖縄　—平成9年

ミサイルの爆ぜしイラクより還り来し米兵の奇病「湾岸戦争症候群」

見ろ、やはり安保は必要だぞと米兵言へり尖閣島の領有権争ひに

まるでハイエナ　海上ヘリポートに群がる業界企業まこと銭《ジン》ど宝

阿麻和利《あまわり》の血をひく勝連人の中城湾へリポート建設抗議の凄まじ

新内閣の沖縄問題解決重視　所詮は安保優先、基地たらひ廻し

噴き出づるは忿怒にあらず戦争の讃歌のやうな平和の礎

届きたる賀状のおほかた沖縄の基地に触れゐてかなし大和人

人殺す練習してゐる軍隊のお手伝ひなのよ軍用地貸屋基地従業員殿

平和の礎の児の名なぞりて流したる涙はわが頬に濃きしみをなす

沖縄は日本でなくてもいいわとは言はねど安保は基地は要らない

島々に誤射せし劣化ウラン弾に汚れし海魚食ひたるは誰

日本では使用禁止の劣化ウラン弾貯蔵する嘉手納は何処の国

劣化ウラン弾誤射せしを教へずに沖縄人亡ぼせば安保喜んだのに

沖縄だけに通用される特措法改正やはり沖縄は日本ではなかつた

一人でも大城をオオグシクと呼んでくれこの懐かしい沖縄《ウチナー》の姓

二十一世紀の地球への遺産は地雷一億一千万個その多くは沖縄の地下

どこゆくも一杯《イッペー》の花咲き満ちてまこと沖縄黄金森《クガニムイ》

演習機に乗り来よ祖先の精霊たち基地内の墓の清明祭《ウシーミー》

いつまでも居座る基地か平和の礎の「沖縄県民斯ク平和ヲ希求ス」よ

基地撤去の燃えの鈍さよかの戦に天皇の御為に玉砕せし民いづこ

不法なるピストル所持者増えしゆゑ合法とすると同じさ特措法改正

五月三十日のNYタイムズよ「日本に海兵隊は要らない」の基金者吾も

海兵隊は要らぬといふ広告にアメリカー嘲へり「この恩知らず奴」

半世紀撃ち込まれたる弾を除く手術はなきや恩納岳

劣化ウラン爆ぜたる湾岸の住民には触れず米兵の湾岸戦症候群

日本兵は慰安婦米兵は婦女暴行性の捌け口とぞまこと雄なる

観光の目玉になる故《ゆゑ》へリポート許すとぞ所詮、命より銭《ジン》ど宝か

世界に向け核兵器の廃絶唱ふれど所詮アメリカの核傘下なる日本

沖縄戦で島人を殺めしは米兵よりも日本兵なるぞと米兵ルミーさん

＊

眼球に灸するゑ徴兵拒否をせし青年《ニーセー》の家に石を投げける吾十二歳

キリストの釘づけの手足より噴き出づる愛あれ良太の五十二回忌

教へ児の学よ汝《なれ》が名のそばに良太もかててよ平和の礎

五十余年ぶり見つかりし戸籍簿に桃原良太は元気よ昭和七年生れ

わが詠みし沖縄の歌三万首　沖縄戦後五十年史の語り部となれ

沖縄　―平成10年

ムーチーガーサの月桃の葉洗ふアンマーの背並ぶ首里の宝口樋川《タカラクチヒージャー》

ムーチーガーサ…月桃の葉に包んで蒸した鬼餅《ムーチー》

五十年前の闇淀みをり島人を死へ追ひし首里城下の司令部壕

五十余年間の平和に飽きし日本が有事有事といくさしたがる

沖縄人の新年の銘は「壊」の文字人殺しの訓練する基地壊す

浜比嘉の大橋渡り訪ひゆけば亀さんのぬくもりの　蓬《フーチバー》　雑炊

昭和十六年十二月八日出発のランナーは沖縄に足踏みゴールは未だ

本土よりの修学旅行の少年が平和の礎《いしじ》仰ぎ「ああ僕も戦死したい」

三千丁の三線《サンシン》が「かぎやで風」奏で沖縄さんしんの日よわが誕生日

てのひらをかざし見あぐる礎《いしじ》に光る児の名よ跛のわれと生き来し

かくばかり青き海抱きかくばかり碧き空に抱かれ浜比嘉の橋

基地内に堂々と役場うち建てし読谷村長「山内徳信」素敵

平成十年四月一日わが訪ひし豊平良一は良太の化身

これの世に母と呼びたき桃原邑子と巨き瞳潤ます豊平良一

花言葉は用心・注意・戒めの夾竹桃が囲ふ嘉手納基地

白骨の晒されゐるチビチリガマに入るにストップかけて茂る喰はず芋

遊び庭《アシビナー》に太鼓が鳴れば蛇皮が鳴り手拍子鳴りて喜納昌吉の「花」

基地騒音どんなに抗議しても駄目と知れども黙ったら黙認となる

バサナイにパイン　マンゴー店頭に市場《マチグワー》のアンマーの顔セピア色

バサナイ…バナナ

＊

初捥ぎのゴーヤーと豆腐のチャンプルーを良太に味見さす五月八日

沖縄　―平成11年

海のアーサと浅蜊を詰めておばあさん《ハーメー》の頭に乗せし笊《バーキ》より滴る潮

トックリキワタの花のトンネル潜りゆくわが頰ピンク色名護大通り

泡瀬干潟に飛び跳ね遊ぶトントンミーに合はせて歩むわが跛足

トントンミー…跳沙魚《とびはぜ》

またまた女子高校生をひき逃げの米兵よいつまで安保禍の島

特有の文化芸術を世界に誇れ頑張れよ《チバリヨー》沖縄《ウチナー》と呉英珍さん

民間人救出訓練の米軍トラックに迷彩服の兵士銃構へゐる

六回めの臨界核実験せしアメリカが北鮮のミサイル発射責めゐる

知事選に大田昌秀敗れわが生きの日に基地なき島は幻

北鮮と韓国の和平の障害は在韓米軍也とぞ米兵ルミーさんの黒き肌

安保の見える丘の遮音壁工事場の不発弾処理に五十世帯避難す読谷町

海兵隊が演習場に種子播きし植物が掩へる地下不発弾

墓庭に祖先と味はふ清明祭《ウシーミー》のお握りなぶるうりづんの風

ある日突如地球は裂けて失せるべし国々保有核一斉に爆ぜて

憲法九条そこのけ　ススメ　ススメ兵隊ススメ新ガイドライン法

在日米軍へ総額二千五百億円の思ひやり予算ある故《ゆゑ》居座る米軍基地

東京より離れた土地に基地は置けの政治屋の言葉うべなふ吾は

新ガイドライン法許して有事の際は男らを征かせるか大和撫子よ

＊

八重岳の寒緋桜の花見祭一月十五日は良太の誕生日

吾子《あこ》殺めし特攻機の胴体の日の丸のマークひらひら卒業式

中学二年のグレーの制服のままの遺影よ　四月一日　五十三回忌の良太

五十三回忌を帰省の良太よ中天の虹の断片に乗って来て母さん只今

妻子らに囲まれはしやぐ声の天よりする五十三回忌の良太六十六歳

平和の礎に桃原良太の名は刻まぬ良太よわれの胎に還れよ

〔新編集メモ〕

『桃原　沖縄Ⅱ』は、平成十五年にご子息の桃原良次氏によって出版された桃原邑子の遺歌集です。歌集『沖縄』以後の、昭和六十年から平成十一年に亡くなるまでの作品を収めています。ところが、あとから見ますと『沖縄』に所収された作品との重複や類似する歌も数多くありましたので、良次氏の了解を得て新たに編集し直すことにしました。

昭和六十年から一年ごとにまとめた編集はそのまま活かし、その年の沖縄関連の出来事と対照させせながら読めるようにしました。その上で、『沖縄』の続編ということを意識し、『沖縄』の編集に準じて「良太の死」に関わる作品を年ごとにまとめています。また、沖縄の方言についても『沖縄』に準じて、片仮名でルビをふりました。どうしても訳のできないのはそのままとし、註をつけたものもあります。作品数も『沖縄』に近づけて、四七五首に絞りました。

久我田鶴子

あとがきに代えて

香川先生が「沖縄の歌はもうこのへんでおしまいにしたら」とおっしゃいました。すると桃原邑子は「いいえ、死ぬまでやめません」と答えました。

先日、沖縄のひめゆり平和祈念資料館を訪れる機会があり、その折に戦いで亡くなった女子学徒隊員一人ひとりのお写真を見ているうちに、ふと感じたことがありました。母はおそらくこれらの亡くなった母校の後輩たちのためにも、生きているかぎり歌を詠み続けることが自分に与えられた使命であると考えたためではないか、と。

このように、ご子息の桃原良次氏は、遺歌集『桃原　沖縄Ⅱ』（平成15年刊）のあとがきに書かれています。

明治末年に沖縄に生まれ育ち、昭和十四年に台湾の宜蘭に一家で移住し、戦後は熊本を生活の場とした桃原邑子が、なぜこれほどまでに沖縄の歌を詠み続けることに拘ったのか。体験していない沖縄戦を、あたかも体験したかのように詠おうとし、また、詠い得たのか。戦後の沖縄からも目を離さず、その言葉どおり死ぬまで詠い続けた源には、どのような思いがあったのか。

それらの答えは全部、作品の中にあります。実際には昭和二十年四月十一日だった良太の死を、昭和二十年四月一日として詠い続けた理由も作品が自ずから語ってくれるだろうと思います。

『沖縄』（昭和61年刊）は、出版後たちまち七〇〇部が品切れになり、その後なかなか読めない状態になっていました。そこで桃原良次氏と相談し、新たに編集し直した『桃原　沖縄Ⅱ』と合わせて、多くの方々に手にとって読んでいただけるように新装版として出版することにしました。

「地中海」の関根和美さんには、校正のお手伝いをしていただきました。また、出版の全般にわたり六花書林の宇田川寛之様のお世話になりました。よい本にしていただき、ありがとうございました。桃原邑子の『沖縄』が、たくさんの人々の心に届きますよう、心から願っています。

平成二十九年十一月

久我田鶴子

桃原邑子　略年譜

明治45年3月4日　沖縄県中頭郡与那城村屋慶名に生まれる（旧姓・名嘉村、名・ヨキ）
大正12年（12歳）　自作歌を持って、沖縄探訪中の釈迢空を訪問
大正13年（13歳）　首里にあった第一高等女学校入学、寮生活
大正15年（15歳）　「日本文学」短歌欄に投稿
昭和3年（17歳）　沖縄県女子師範学校入学
昭和4年（18歳）　卒業、尋常高等小学校訓導　詩人・桃原思石（良信）と結婚
昭和5年（19歳）　長女笙子誕生
昭和6年（20歳）　「詩歌」入会、阪口保・前田夕暮に師事（作品掲載は昭和8年7月号から昭和14年7月号まで）
読谷村に在住時、事故にて膝複雑骨折

昭和7年（21歳）　長男良太誕生
昭和8年（22歳）　義父良明没、同居の祖母との折り合い悪し
昭和9年（23歳）　次女緑誕生　関節炎で入院
昭和10年（24歳）　退職
昭和11年（25歳）　次男良次誕生
昭和14年（28歳）　三男良三誕生　夫の転職のため台湾宜蘭に移住
昭和20年（34歳）　米軍、沖縄本島に上陸（4月1日）
良太、特攻機のプロペラに巻き込まれて事故死（4月11日）
台北宜蘭郵便局・郵電管理局に勤務
昭和21年（35歳）　熊本県葦北郡田浦町に引き揚げる
昭和24年（38歳）　田浦小学校横居木分教場に赴任（転勤3回・昭和40年退職）
昭和29年（43歳）　「地中海」入会（7月以降、毎号作品掲載）
昭和38年（52歳）　夫、死去（62歳）
昭和39年（53歳）　「沖縄タイムス歌壇」選者　「新沖縄文学」選者

昭和41年（55歳）　沖縄タイムス文学賞受賞

昭和54年（68歳）　『夜光時計』出版　「地中海」沖縄支部発足

昭和61年（75歳）　『水の歌』出版　熊日文学賞受賞

平成4年（81歳）　『沖縄』出版

平成10年（87歳）　熊本県芸術功労者に選ばれる

平成11年6月8日　沖縄タイムス芸術選文学功労賞受賞

平成15年　腎不全のため死去（88歳）

平成20年　『桃原　沖縄Ⅱ』出版

平成28年　『桃原邑子歌集』出版

　　　　　ＢＳフジにて「魂のハーモニー」放映

沖縄　新装版

地中海叢書第912篇

平成30年1月15日 初版発行

著　者――桃 原 邑 子

著作権継承者――桃 原 良 次
〒861-4205
熊本県下益城郡城南町碇1208-13

発行者――宇田川寛之

発行所――六花書林
〒170-0005
東京都豊島区南大塚３－44－４ 開発社内
電 話 03-5949-6307
FAX 03-3983-7678

発売――開発社
〒170-0005
東京都豊島区南大塚３－44－４
電 話 03-3983-6052
FAX 03-3983-7678

印刷――相良整版印刷

製本――武蔵製本

定価はカバーに表示してあります
ISBN978-4-907891-55-8 C0092